貓與狗

文字：掛野典子

插圖：董耀文

有個大戶人家裡，養著一條大狗與一隻小貓當寵物。

每天清晨，大狗就陪著主人出去散步，大狗昂首挺胸優雅地跟在主人身旁，活脫像個紳士一般，帥氣又威風！

在一旁的貓咪總是以羨慕的眼神，目送著他們。

然而一旦散步完後，這大狗就像洩了氣的氣球似的，癱軟地躺在狗屋前，結束了牠一天中短暫的自由與帥氣。

貓咪則不同，沒有鏈條的束縛，隨時都可以自由自在地進進出出，無拘無束，左睡睡、右躺躺的。

雖然牠的內心渴望能像大狗一樣，威風地陪主人散步，但另一方面，又不願意讓主人拴住牠的自由，跟人類一樣的糾結。

大狗是負責看門的，所以鎖在屋外。
貓咪白天睡得飽飽，所以晚上是東跑跑、西跳跳地玩耍著。

有一天夜裡貓咪不知溜達去哪裡了，從庭院突然傳來窸窸窣窣的聲音，阿～我認得這傢伙（老鼠）。
每當貓咪捉到老鼠，主人都會褒獎一番。
此時的大狗爲了想爭取主人的關愛，因此燃起了殺心，瞇著眼睛盯著老鼠，心裡想：今天看我的表現吧！

接著就模仿著貓咪，壓低了身子，靜靜的匍匐前進，一步步靠近老鼠，但是由於大狗的腳步太大聲，導致還沒靠近老鼠，就讓機伶的老鼠跑了。

大狗翻了個跟斗，灰心地想著，像我這麼優秀的大狗，竟然連一隻老鼠都抓不到？不禁深深地嘆氣，唉——。

從那一天起，大狗就漸漸地喪失對自己的自信，意志消沉了起來，沒事就懶洋洋地流著口水睡午覺，並不時地用羨慕的眼光仰望著貓咪。

貓咪感受到了大狗的崇拜，竟莫名地驕傲了起來，並開始見狗不是狗了；看不起這隻大狗，覺得大狗一無是處呢！

入夜了，大狗執行例行性的巡房，查無異狀後便回至前門狗屋休憩。

到了深夜，小偷突然從後門翻牆進來，碰巧被貓咪看到，貓咪心想：天上掉餡餅哪，今夜就看我的表現吧！

沒多想就一股勁兒撲向小偷，由於貓身體嬌小，對小偷完全起不了作用，一下就被小偷甩到牆角邊，摔得貓咪直說：「唉呦！疼啊！」
好吧，這次用爪子再試一次看看，但依舊沒能嚇阻到小偷。

這時大狗終於察覺到了騷動，馬上就衝了過來，汪！汪！汪！大叫著，並一口就咬住了小偷不放。

這時被甩到牆角的貓咪，一邊摸著閃到的腰，一邊看著大狗英勇地與小偷搏鬥的樣子。最後驚動了主人，才將小偷制伏，並移交給警察。

隔天貓咪說：「我想通了，我既不需要羨慕你的英勇，更不需鄙視抓不著老鼠的你。大家各司其責，只要努力認眞，大家都可以自信以對的。」

頓時小貓與大狗的心結又得以重新沉澱，感到無比的清新，回歸初心，重回原本純粹的小貓與大狗。
原本迷失的方向與自信也都找回來了。

隔天一大清早，大狗依舊陪著主人散步去，然而小貓咪已不是之前羨慕狗狗的貓咪，現在看山又是山了，完全可以溫暖的目送他們出去，不再盲目地羨慕了。

掛野典子　作

1996/12/15

作者簡介

文字創作

掛野典子

1942年出生於中國東北，1944年歸國日本，1960年東京聖榮大學畢業，並取得營養士的資格，畢業後在東京昭和醫大附屬醫院勤務。

跨海來台擔任日語老師50年。目前仍現役擔任松柏大學的講師。

在日本秋田縣的童年時光，純樸而簡單，整日與花鳥蟲鳴爲伍，因此筆鋒純粹而溫暖。目前致力於寫作。

插圖繪製

董耀文

出生於2004年新竹人。

在他高大的外表下，保有難能可貴的童心，在一些因緣際會下開始畫插圖的工作。

作品中不難看出其純真及有趣的靈魂。除了喜歡畫插圖，還喜歡騎摩托車，當賽車手更是他的夢想。

iDraw（15）

貓與狗

文　　字　掛野典子
插　　圖　董耀文
發 行 人　張輝潭
出版發行　白象文化事業有限公司
　　　　　412台中市大里區科技路1號8樓之2（台中軟體園區）
　　　　　出版專線：（04）2496-5995　　傳真：（04）2496-9901
　　　　　401台中市東區和平街228巷44號（經銷部）
　　　　　購書專線：（04）2220-8589　　傳真：（04）2220-8505
專案主編　黃麗穎
出版編印　林榮威、陳逸儒、黃麗穎、水邊、陳媁婷、李婕、林金郎
設計創意　張禮南、何佳諠
經紀企劃　張輝潭、徐錦淳、林尉儒
經銷推廣　李莉吟、莊博亞、劉育姍、林政泓
行銷宣傳　黃姿虹、沈若瑜
營運管理　曾千熏、羅禎琳
印　　刷　基盛印刷工場
初版一刷　2024年4月
定　　價　300元

國家圖書館出版品預行編目資料

貓與狗／掛野典子文字；董耀文插圖.　--初版.--
臺中市：白象文化事業有限公司，2024.4
　面；　公分.——（iDraw；15）
ISBN 978-626-364-236-2（精裝）

861.599　　　　112022066